Olivier, Laurent et Violette

James Stevenson est américain. Il vit et travaille dans le Connecticut. Collaborateur régulier du « New Yorker » depuis près de vingt ans, il a aidé puissamment à façonner le style graphique qui fait la renommée de cette revue.
C'est Susan Hirschmann, responsable éditorial de « Greenwillow Books » à New York, qui l'a convaincu de dessiner pour les enfants. Depuis « Could be worse » (Greenwillow Books, 1977), James Stevenson a créé plus de quinze albums, dont certains ont été publiés en France par *l'école des loisirs*, notamment: *Monty; On n'a pas sommeil; Le lendemain de Noël; Gaspard; Monsieur Grincheux...*

Traduit de l'américain par Michèle Poslaniec

Titre original: « Olivier, Clarence and Violet » (Greenwillow, New York)
Composition: Sereg, Paris (Bembo 18/22)
Loi numéro 49.956 du 16 juillet 1949 sur les publications destinées à la jeunesse: janvier 1987
Dépôt légal: janvier 1987
Imprimé en France par Tardy-Quercy SA à Bourges
Numéro d'imprimeur: 13 246

James Stevenson

Olivier, Laurent et Violette

l'école des loisirs
11, rue de Sèvres, Paris 6e

1.
Un projet mystérieux

« Regarde où tu mets les pieds ! » dit Laurent.

« Excuse-moi », dit Olivier. « J'pensais que c'était une pierre. »

« C'est toujours ce que tu dis », dit Laurent.

« C'est toujours ce que je crois », dit Olivier.

« Qu'est-ce qu'Olivier a encore fait ? » demanda Violette qui arrivait au bord de l'étang.

« Il m'a marché dessus pour la neuf centième fois », dit Laurent.

« Typique », dit Violette. « Qui plus est, Olivier a embêté tout le monde toute la journée avec son tintamarre. »

« Quand on bâtit », dit Olivier, « on

est bien obligé de faire un peu de bruit.»

«Combien de barrages te faut-il donc enfin?» dit Violette.

«En effet», dit Laurent, «tu as mis tout l'étang en désordre.»

«Je ne construis pas un barrage», dit Olivier.

«Qu'est-ce que c'est?» dit Violette. «Une de tes sales maisons de boue et de bois?»

«Non», dit Olivier.

«Un pont?» dit Laurent.

«Non», dit Olivier.

«Qu'est-ce que c'est alors?» dit Violette.

«Un secret», dit Olivier.

«Je connais suffisamment de secrets sans avoir besoin d'y ajouter ceux d'un idiot de castor», dit Violette.

«Parle pour toi, Violette», dit Laurent.

«Tu peux le dire à Laurent ton fichu secret», dit Violette. «Personnellement, je n'écouterai pas.»

Olivier marmonna quelque chose.

«Parle plus fort», dit Violette. «Laurent ne peut pas t'entendre.»

«Je ne tiens pas à en parler», dit Olivier et il se sauva dans l'eau.

«Et nous n'avons pas envie de savoir!» cria Violette.

«Je me demande bien ce qu'il fait», dit Laurent.

«Moi aussi», dit Violette.

2.
Comment garder un secret sain et sauf.

Le lendemain, Olivier martelait et sciait toujours. Il s'arrêta pour se reposer une minute et jeta son marteau sur le sol. Cela fit un bruit mat.

« Aïe ! » dit Laurent.

« Pardon », dit Olivier. « Je t'avais pas vu. »

« Comme d'habitude », dit Laurent.

Olivier se remit à scier.

« T'as déjà dit ton secret à quelqu'un ? » cria Laurent.

« Non », dit Olivier.

« C'est dommage », hurla Laurent.

Olivier s'arrêta de scier. « Pourquoi ? » demanda-t-il.

« Eh bien », dit Laurent, « suppose seulement qu'un gros rocher tombe sur toi. »

« Un gros rocher ? » dit Olivier. « Pourquoi cela ? »

« La raison n'a pas d'importance », dit Laurent. « C'est juste une supposition. »

Olivier regarda le ciel. « Je ne peux pas imaginer ça. », dit-il.

« Alors peux-tu imaginer n'importe quoi de terrible ? » dit Laurent.

Olivier réfléchit un instant. « Je pourrais me perdre dans les bois et être en retard pour le dîner », dit-il.

« Non, non, non », dit Laurent. « Je

veux parler d'un accident. Où tu serais tué.»

«Moi ? Tué ?» dit Olivier. «J'aurais horreur de ça.»

«Justement», dit Laurent. «Qu'arriverait-il à ton secret ? Personne ne le connaîtrait jamais.»

«Et alors ?» dit Olivier. «C'est ça un secret.»

«Évidemment, c'est bien, pour les secrets ennuyeux», dit Laurent. «Mais si c'était un très bon secret, ce serait affreux.»

« Hum », dit Olivier.

« De quel genre est le tien ? » demanda Laurent. « Ennuyeux ou très bon ? »

« Eh bien, il n'est pas ennuyeux », dit Olivier.

« Dans ce cas », dit Laurent, « je suggère que tu le dises à quelqu'un en qui tu aies confiance. Quelqu'un qui ne le dirait jamais. Ainsi, quoi qu'il t'arrive, ton secret serait sain et sauf. »

« Même si un rocher tombait sur moi, hein ? » dit Olivier en regardant en l'air.

« Exactement ! » dit Laurent.

« D'accord », dit Olivier.

« Bien ! » dit Laurent.

« Je le dirai à Vincent », dit Olivier.

« Vincent ? » s'écria Laurent. « Tu ne vas pas faire ça ? Personne ne fait confiance à Vincent. »

«A qui pourrais-je le dire?» dit Olivier.

Laurent prit un air pensif.

«Et toi, Laurent?» demanda Olivier. «Sais-tu garder les secrets?»

«Tu veux rire», dit Laurent, «c'est moi le meilleur!» Il baissa la voix. «Parle tout bas, Olivier... On ne sait jamais qui pourrait écouter.»

3.
Le secret s'échappe

« Eh, Olivier ! » dit Violette, ce jour-là, un peu plus tard. « J'ai entendu dire que tu fabriques un bateau pour faire le tour du monde ! » Et elle se mit à rire.

« Quoi ? » dit Olivier, en lâchant sa scie. « Est-ce que c'est Laurent qui te l'a dit ? »

« Ça m'a juste échappé », dit une voix provenant des fourrés.

« Merci Laurent », dit Olivier.

« Pourquoi veux-tu faire le tour du

monde, Olivier ?» demanda Violette en riant.

« Pour échapper à des gens comme toi et Laurent », dit Olivier.

« Eh bien ! » dit Violette, « j'espère que tu vas partir bientôt. »

« Moi aussi », dit Laurent, en sortant des fourrés.

« Fais bon voyage, Olivier », dit Violette, « et ne te presse pas de revenir. »

« Je ne vais certainement pas revenir », dit Olivier.

« Vraiment ? » dit Laurent.

« Certainement », dit Olivier. « Quand je trouverai un bel endroit avec beaucoup de rivières et des gens sympathiques, je m'y installerai. »

« C'est vrai ? » dit Violette. « Eh bien, ne t'en fais pas pour nous : tu ne nous manqueras pas. Je suis sûre

qu'un autre idiot de castor viendra te remplacer.» Puis elle s'en alla fièrement.

«Peut-être même encore plus idiot que toi», dit Laurent. «Bien que ce soit difficile à imaginer.» Et il s'en alla aussi.

Olivier se remit au travail.

4.
Vincent prête la main

« Eh, Ludovic ! » cria Vincent. « Tu es beau aujourd'hui ! »

« Moi ? » dit Ludovic.

« Oui, tu sais... pour un poisson ! » dit Vincent. « Que se passe-t-il ? »

« Dis-moi... », dit Ludovic, « pourquoi es-tu toujours ici, dans notre étang, à plonger, nager et tout ? »

« Pourquoi pas ? » demanda Vincent.

« Si j'étais une grenouille », dit Ludovic, « je sauterais sur cette bonne terre chaude là-bas et me sècherais au soleil.»

«Bon, peut-être que je vais le faire», dit Vincent.

«Bien», dit Ludovic.

Vincent sauta sur le bord. Violette arriva.

«Eh, Violette», dit Vincent, «est-ce qu'on t'a déjà dit que tu étais une dinde fabuleuse?»

«Pas que je m'en souvienne», dit Violette.

«Eh bien, je te le dis!» dit Vincent en lui faisant un grand sourire.

«S'il te plaît, ne souris pas, Vincent», dit Violette. «Ça me fait peur.»

«Pardon», dit Vincent.

«Qu'est-ce que tu fais ici, à terre, par une journée aussi chaude?» demanda Violette. « Si j'étais toi, je sauterais directement dans cette bonne eau fraîche. Et j'y resterais. »

« C'est justement ce que j'allais faire », dit Vincent.

Il plongea dans l'eau et nagea jusqu'à un nénuphar. Il grimpa sur la feuille. « Ça ne gêne personne que je sois assis là, j'espère », dit-il en fermant les yeux. Il s'était mis à somnoler quand quelque chose voleta près de sa tête. « Hein ? » dit Vincent.

« Ce n'est que nous, Vincent », cria

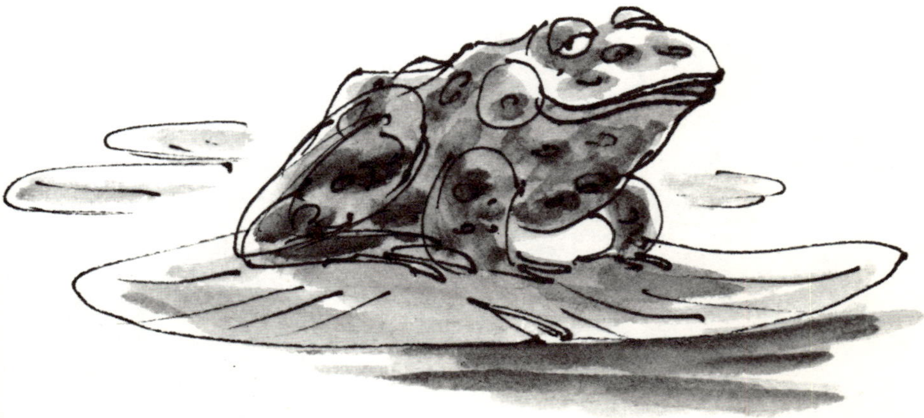

Roger en frôlant le nez de Vincent. «Roger et...»

«...Cécile», ajouta Cécile d'un ton strident en piquant dans l'autre direction.

«Je croyais que les chauves-souris aimaient dormir dans la journée», dit Vincent.

«C'est ce que nous faisons d'habitude», dit Cécile en faisant un virage brutal, «mais parfois on a envie de sortir et...»

«... d'avoir les dernières nouvelles du jour», dit Roger, en volant au-dessus de la tête de Vincent. Puis il dépassa Cécile qui volait dans l'autre sens.

Vincent se tournait d'un côté, puis de l'autre, à chaque fois qu'ils passaient en s'entrecroisant.

«Écoutez», dit Vincent, «vous êtes des chauves-souris sympas et c'est un plaisir de parler avec vous, mais ça me donne envie de vomir. Vous ne

pourriez pas atterrir juste une minute ? »

« Où ? » dit Cécile.

« Ici, sur le nénuphar », dit Vincent, en se poussant pour faire de la place.

« Ça bouge », dit Roger. « Hep... »

Il décolla à nouveau.

« Nous ne sommes pas en mesure d'atterrir », dit Cécile.

« Sauf si on peut s'accrocher par les orteils », dit Roger.

« Alors donne-nous les grands titres des nouvelles de l'étang », dit Cécile, « et nous rentrerons chez nous. »

« La grande nouvelle », dit Vincent, « c'est qu'Olivier fabrique un bateau pour faire le tour du monde. »

« Le tour du monde ? » s'écria Roger. « Oh là là ! »

« Qui va avec lui ? » demanda Cécile.

« Je ne sais pas », dit Vincent.

« Je veux y aller ! » dit Cécile.

« Pouvons-nous avoir des billets ? » dit Roger.

« Des billets ? » dit Vincent. « Des billets ? »

« Ouais ! » dit Cécile. « On veut faire le tour du monde aussi. »

« Eh bien », dit lentement Vincent, « les billets ne sont pas faciles à obtenir, vous comprenez. Il faut connaître quelqu'un. »

« Quelqu'un comme toi ? » dit Cécile.

« Donnez-moi un jour ou deux », dit Vincent. « Je vais voir ce que je peux faire. » Il leur adressa un immense sourire.

Cécile et Roger fermèrent les yeux.

Quand ils les rouvrirent, Vincent sautait de nénuphar en nénuphar à travers l'étang, jusqu'à ce qu'il ait disparu dans les grandes herbes à l'autre bout. Les feuilles de nénuphar tremblaient sur l'eau.

5.
Des bruits étranges

«C'est drôlement tranquille ici», dit Violette.

«Olivier doit avoir presque fini son bateau», dit Laurent.

«Quel soulagement ce sera de le voir partir», dit Violette.

«Enfin la paix dans le coin de l'étang», acquiesça Laurent. «Je me demande où il va s'installer.»

«Je m'en moque», dit Violette. «Du moment que c'est loin d'ici.»

«C'est sans doute... loin», dit Laurent. «Loin et romantique et mystérieux et beau. Pas du tout comme l'étang. »

Soudain ils entendirent des bruits étranges.

« Qu'est-ce que cela peut être ? » dit Violette.

« Ça pourrait être un très gros moustique », dit Laurent.

« Ça pourrait être quelqu'un qui scie une boîte de conserve avec une scie rouillée », dit Violette.

« Tenez bon la note ! Tenez bon ! » dit une toute petite voix aiguë. Les bruits cessèrent. « Quelqu'un fait une fausse note ! Est-ce toi Noël ? »

« Non, monsieur », dit une autre petite voix.

« Marcel ? » dit la première voix.

« C'est pas moi », dit une autre voix.

«C'est toi Daniel?»

«Non pas!»

«Samuel?»

«Impossible!»

«Bon, reprenons depuis le début, alors», dit la première voix. «Un, deux, et trois...» Le bruit recommença. Violette et Laurent regardèrent entre les fougères.

«Oh, pour l'amour de Dieu», dit Violette, «ce sont ces salamandres!»

«Je ne peux pas supporter ce bruit-là! Je rentre dans ma carapace», dit Laurent en rentrant la tête. «Donne-moi un coup sur le dos quand ce sera fini.»

Enfin la chanson fut terminée.

«Salut Violette», dit Horace, le chef de chœur. «Est-ce que ça te plaît?»

« La fin est bien », dit Violette.

« Nous nous appelons les Marais-chanteurs », dit Horace. Noël, Marcel, Daniel et Samuel sourirent tous ensemble en faisant un signe.

« Nous pouvons chanter pour les fêtes et les grandes occasions », dit Horace.

« Nous pourrions chanter à ton anniversaire, si tu veux, Violette », dit Daniel. « C'est quand ? »

«Dans pas longtemps», dit Violette.

«Nous pourrions chanter pour toi tout de suite», dit Samuel. «Que voudrais-tu entendre?»

«Il faut que je me sauve très vite», dit Violette. «Mais je suis sûre que Laurent aimerait bien une chanson.»

«Mais il est dans sa carapace», dit Horace.

«Tapez-lui seulement une ou deux fois sur le dos», cria Violette en se sauvant derrière les fougères, «il sortira».

«Prêt, tout le monde?» demanda Horace. Il tapa deux fois sur la carapace de Laurent. Le chant recommença dès que Laurent sortit la tête.

«A-a-aa-ah!» hurla Laurent en rentrant aussitôt dans sa carapace.

6.
Prêt à partir

Le bateau d'Olivier était presque achevé. Il fixait le mât lorsque Laurent arriva.

«Je ne veux pas t'interrompre», dit Laurent.

«Alors ne le fais pas!» dit Olivier.

«Je me demandais seulement...» dit Laurent, «comment tu t'y prends pour faire le tour du monde.»

«J'ai une carte», dit Olivier.

«Montre», dit Laurent.

Olivier déplia une grande feuille de papier.

«Qu'est-ce que c'est, le cercle?» demanda Laurent.

«C'est le monde», dit Olivier.

«Oh, je vois», dit Laurent. «Très rond.»

«Très», dit Olivier.

«Qu'est-ce que c'est la petite croix sur le cercle?»

«C'est nous», dit Olivier.

«Le bon vieil étang, hein?»

«C'est cela», dit Olivier. «Je projette de faire le tour du cercle. De cette façon, je ne me perdrai pas.»

«Pas bête», dit Laurent. «Et les provisions... la nourriture pour le voyage?»

«Je n'ai pas encore étudié ce problème-là.»

«Que dirais-tu de sandwiches à la laitue et aux tomates?» demanda Laurent.

«C'est très bien», dit Olivier.

«Bon», dit Laurent. «J'en ai justement un plein sac derrière cet arbre.»

«Pour quoi faire?» demanda Olivier.

«Au cas où nous aurions faim à faire le tour du monde», dit Laurent.

«Nous?» dit Olivier.

«Eh bien, si tu ne veux pas de moi», dit Laurent, «je n'aurai qu'à récupérer mes sandwiches.»

«Tout est prêt pour mettre les voiles», dit Olivier une heure plus tard. «Sauf que nous n'avons pas de voile.»

«Une voile, c'est indispensable, hein?» dit Laurent qui l'aidait. «Je ne sais pas comment en faire une.»

«Moi non plus», dit Olivier. «Je ne sais pas coudre.»

«Je parie que Violette saurait faire une voile», dit Laurent.

«Pardi oui que je saurais», dit Violette, en sortant du bois. «Que dites-vous de cela?» Elle déroula un grand drap avec l'inscription *Violette II* peinte dessus.

«C'est une belle voile», dit Olivier. «Mais que veut dire *Violette II*?»

«C'est le nom du bateau», dit-elle.

«Je suis Violette I. Le bateau c'est Violette II.»

«Cette voile me semble parfaite», dit Laurent.

«Ça vaut mieux», dit Violette. «Je ne navigue pas sur un bateau qui n'a pas une bonne voilure.»

«Tu veux dire...» commença Olivier.

«Hisse la voile et partons», dit Violette. «Je n'ai jamais fait le tour du monde.»

7.
Un adieu gentil

Olivier se mit à hisser la voile. Puis il s'arrêta. « Qu'est-ce que c'est que ces trucs au bout de la vergue ? » dit-il.

« Ça ressemble à de vieux chiffons », dit Violette.

« Des chiffons ! » couina Roger. « Ne reconnaissez-vous pas une chauve-souris quand vous en voyez une ? »

« Pardon », dit Violette.

«On essaie simplement de rester à l'écart pour ne pas vous gêner», dit Cécile.

«Êtes-vous venus nous dire au revoir?» dit Olivier.

«Au revoir?» dit Roger. «Certainement pas!»

«Nous partons avec vous», dit Cécile.

«Faire le tour du monde», dit Roger. «Partons!»

«Attendez un peu», dit Olivier. «Je ne peux pas vous emmener tous les deux. Je regrette beaucoup mais...»

«Il faut nous emmener», s'écria Roger. «Nous avons nos billets.»

«Achetés et payés!» glapit Cécile.

«Des billets?» dit Olivier.

Soudain, Marguerite et David,

Kevin et Louise, Édith et Albert, Jeanne et Sylvain, accoururent depuis le bois.

«Je veux voyager à l'avant!» cria Kevin en sautant à bord.

«Moi aussi!» hurla Louise.

«Pousse-toi!» cria Albert en bousculant Violette.

«Où croyez-vous aller?» demanda Violette.

«Autour du monde!» dit Sylvain en montant sur le pont.

Marguerite atterrit lourdement sur le bateau et fit tomber Laurent dans l'eau. « Hop », dit Marguerite en regardant par-dessus bord. Il y eut des bulles dans l'étang. La tête de Laurent apparut alors. Il crachotait. « C'est un outrage ! » cria-t-il.

«Démarrons!» cria Jeanne, en attrapant une corde pour tirer dessus. La voile se mit à monter.

«Lâche ça!» cria Olivier.

Jeanne lâcha tout et la voile retomba en se gonflant et recouvrit tout le monde. Il y eut une grande agitation sous la voile et beaucoup de cris étouffés. Finalement Olivier réussit à se dégager et hurla : « Tout le monde dehors ! Immédiatement ! »

Kévin déboula. «Mais nous avons tous nos billets, Olivier», protesta-t-il.

«Toi aussi?» dit Olivier. «Où les avez-vous trouvés?»

C'est alors qu'il y eut un bruit fort et strident. Laurent sortit le bout de son nez. «Oh non!» dit-il. «Les Marais-chanteurs!» Il disparut à nouveau sous la voile.

Les Marais-chanteurs étaient sur le bord de l'eau. Ils entonnèrent un chant sur les bateaux qui partent au soleil couchant.

«La paix!» hurla Olivier.

Les Marais-chanteurs s'arrêtèrent de chanter. «As-tu dit "La paix", Olivier?» demanda Horace.

«Oui, c'est ce que j'ai dit!» cria Olivier.

Horace parut blessé. « Tu n'aimes pas notre chant ? » dit-il.

« Je l'aime bien mais je n'ai pas envie de l'entendre pour le moment », dit Olivier. « J'ai des problèmes... » Il montra la voile toute bosselée qui se soulevait et se gonflait sur le pont.

« Nous pensions que ce serait un adieu gentil... » dit Horace. « Voici les remerciements que nous obtenons », ajouta-t-il, en se tournant vers Noël, Samuel, Marcel et Daniel. Tous haussèrent les épaules.

Olivier réussit à dégager les autres de dessous la voile. « Maintenant, de quoi s'agit-il avec ces billets ? » demanda-t-il. « Où les avez-vous eus ? »

« Nous les avons achetés à Vincent », dit Marguerite.

« Vincent ? » dit Olivier.

« Et ils n'étaient pas bon marché », dit Sylvain.

« On n'avait pas chargé Vincent de faire ça », dit Olivier.

« Il l'a fait en ton nom », dit Jeanne.

« Ce rat ! » dit Edith.

« S'il te plaît », dit Albert qui était un rat.

«Je veux dire putois», dit Edith.

«Eh», dit Kevin qui était un putois. Tout le monde se mit à discuter et à se bousculer.

«Que tout le monde débarque!»

cria Olivier. «Que tout le monde sorte du bateau... à l'instant même!»

Ils sortirent lentement à la queue-leu-leu, en grognant et en protestant. Olivier aida Laurent à remonter.

« Prêt à lever l'ancre ? » cria Olivier.
« Paré ! » dit Violette.
« Prêt, Capitaine ! » dit Laurent.
Les Marais-chanteurs se remirent à chanter et Olivier hissa la voile. « Allez ! » cria-t-il. Laurent et Violette retirèrent l'ancre et la *Violette II* se mit en route et s'écarta du rivage.

8.
En descendant la rivière

Un vent léger soufflait et gonflait la voile. Le bateau glissait rapidement sur l'étang. « C'est merveilleux ! » cria Olivier qui était à la barre. « Sentez-moi cet air salé ! »

« L'air salé, c'est sur les océans », dit Violette, assise à la proue.

« On doit approcher de l'un d'eux », dit Laurent. « Qui veut un sandwich ? »

«Moi», dit Olivier. «Les voyages ouvrent vraiment l'appétit.»

Ils mangèrent les sandwiches tandis qu'Olivier dirigeait le bateau hors de l'étang et qu'ils entraient dans une large rivière.

«Il y a une baleine!» cria Laurent.

«C'est un rocher», dit Violette.

«Très ressemblant», dit Laurent. Il regarda les bois qui défilaient. «Oh là là», dit-il, «j'aime mieux le monde que l'étang. Y a plus à voir.»

«Splendide», dit Violette.

«Regarde le ciel», dit une petite voix aiguë.

«Et l'eau au-dessus», ajouta une autre. «Quel panorama!»

«L'eau *au-dessus* du ciel?» dit Olivier.

Il leva les yeux. Cécile et Roger étaient encore suspendus tête en bas à la vergue.

«Oh non», dit Olivier.

«Qu'y a-t-il, Olivier?» demanda Cécile. «Tu veux que nous partions?»

«J'imagine que vous pouvez rester», dit Olivier. «Si vous restez à l'écart et que vous vous taisez.»

«Sommes-nous du genre à crier et à hurler?» dit Roger.

«Sommes-nous du genre à être

dans le passage et à gêner ?» dit Cécile.

«Vraiment!» dit Roger.

«Vraiment!» dit Cécile.

Ce fut très tranquille pendant quelques instants, avec seulement le bruit de l'eau qui clapotait contre la coque.

«Où est-on maintenant, d'après vous ?» demanda alors Violette.

Olivier regarda la carte, puis les arbres. «Je ne suis pas certain», dit-il, «mais cela pourrait être l'Australie.»

«Oh là là!» dit Laurent.

9.
Un passager clandestin

«Il y a quelque chose de bizarre», dit Olivier, en regardant la voile.

«Comment ça?» demanda Laurent.

«Eh bien, le vent souffle plus fort mais le bateau va plus lentement», dit Olivier.

«Ça c'est bizarre», dit Laurent.

«Et le gouvernail ne bouge pas comme il devrait», dit Olivier.

Violette se pencha à l'arrière. « Est-il censé y avoir des doigts verts accrochés au gouvernail ? » demanda-t-elle.

« Des doigts verts ? » dit Olivier. « Pas du tout. »

« Eh bien, il y en a », dit Violette. « De longs doigts verts. »

Olivier regarda. « Oh, oh ! » dit-il. « Vincent... »

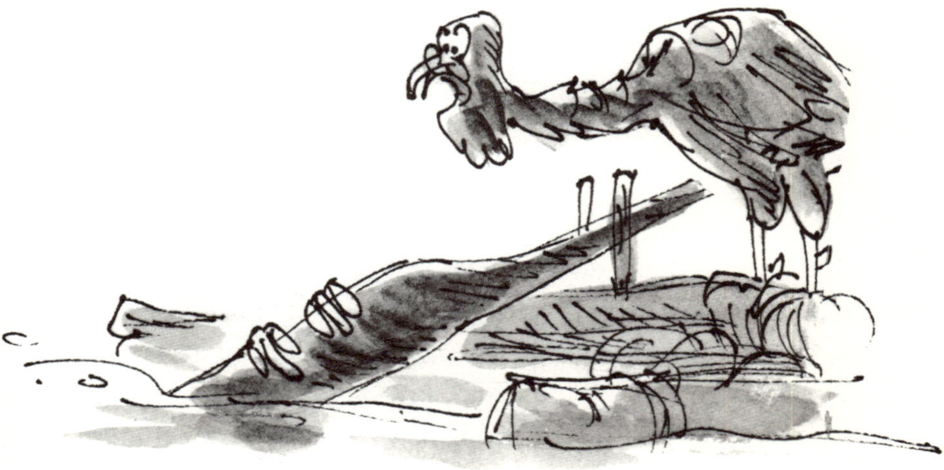

La tête de Vincent sortit de l'eau. « Bien, bien », dit Vincent. « Regardez donc qui est là... mes vieux amis Olivier et Violette et... »

« Vincent ! » dit Laurent. « Pas celui-là ? »

« Lâche le gouvernail, Vincent, et retourne dans l'étang d'où tu viens ! » dit Olivier.

« Je ne peux pas », dit Vincent. « Je ne suis pas populaire là-bas. »

« Tu n'es pas populaire ici non plus », dit Violette.

«Je sais, je sais», dit Vincent, se mettant brusquement à pleurnicher. «Je ne suis populaire nulle part...»

«Arrête ça», dit Laurent.

«Tout ce que je veux c'est avoir quelques amis et peut-être faire le tour du monde», gémit Vincent. «Est-ce trop demander ?»

«Oui !» hurla Laurent.

«Va-t-en, Vincent», dit Violette.

«Je ne peux pas», dit Vincent. «C'est trop loin pour nager.» Il sourit. «Laissez-moi simplement m'accrocher ici. Je ne vous ennuierai pas.»

«Oooh, ce sourire», grogna Violette en détournant les yeux.

«Je ne sais pas quoi faire», dit Olivier. «Peut-être que nous devrions voter pour savoir si on lui permet de rester.»

«Non! Non!» cria Vincent. «Pas de vote!»

C'est alors que Cécile, du haut de la vergue, cria: «Il y a quelque chose devant. Je l'entends.»

«J'entends quelque chose aussi», dit Violette.

Tous écoutèrent.

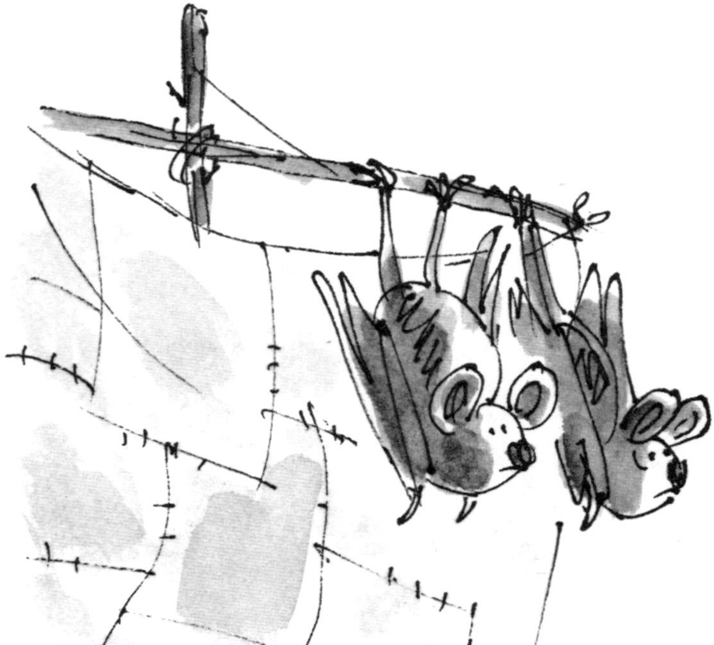

«Ça ressemble au puissant Pacifique qui déferle sur un rivage lointain», dit Laurent.

«Ça me fait plutôt penser à une chute d'eau», dit Olivier. «Si c'est cela, nous sommes dans le pétrin.»

«Nous allons voir», dit Cécile en battant des ailes.

«Et nous reviendrons vous dire ce que nous aurons vu», dit Roger en suivant Cécile.

«Nous avançons plus vite», dit Violette.

«Beaucoup plus vite», dit Olivier.

10.
Des difficultés s'annoncent.

«Tu devrais peut-être appuyer sur le frein, Olivier», dit Laurent.

«Les bateaux n'ont pas de frein», dit Olivier.

«Est-ce que tu ne peux pas baisser la voile?» demanda Violette.

«Si», dit Olivier, «je peux». Il descendit la voile. Le bateau ralentit un petit peu.

«S'il y a quelque chose que je ne

peux pas supporter», dit Violette à Laurent, «c'est de faire le tour du monde sur un bateau dont le capitaine est idiot.»

C'est alors que Cécile et Roger revinrent.

«C'est une grosse chute d'eau, comme on disait», cria Roger.

«Et tu vas droit dessus!» renchérit Cécile.

Tous regardèrent dans la direction

où la rivière se rétrécissait entre les grands arbres pour disparaître ensuite. Ils voyaient l'eau qui dévalait à vive allure.

«Nous allons droit vers cette chute d'eau», dit Violette. «Il n'y a pas d'autre solution.»

«On devrait peut-être quitter le navire», dit Laurent.

«Je ne sais pas nager», dit Violette.

«Moi si», dit Laurent, «mais ce courant est trop rapide pour moi.»

«Qui va nous sauver?» dit Violette. «Olivier?»

«S'il te plaît», dit Olivier, «je réfléchis.»

«Eh bien, réfléchis vite!» cria Violette.

«Je fais aussi vite que je peux», dit Olivier. «Ne me bouscule pas.»

«C'est moi qui vais vous sauver!» dit une grosse voix à l'arrière.

«Qui a dit cela?» demanda Laurent.

«Moi... je crois que c'est moi», dit Vincent.

«Toi?» dit Olivier. «Que peux-tu faire?»

«Je peux nager jusqu'à l'avant du bateau, m'y accrocher et battre des pattes autant que je peux», dit Vincent. «Ça éloignera peut-être le bateau de la ch... chute d'eau.»

«Ça ne marchera pas, Vincent», dit Olivier.

«Oh, je me rends compte que c'est extrêmement dangereux», dit Vincent, «mais n'essaie pas de m'en emp... empêcher.»

«Je n'essaie pas de t'en empêcher», dit Olivier.

«Vraiment?» dit Vincent. «N'essaie pas de m'en empêcher non plus, toi, Laurent», ajouta-t-il.

«Non, non», dit Laurent.

«Et toi non plus, Violette», dit Vincent.

«Qui, moi?» dit Violette.

Il y eut un silence.

«Et ces chauves-souris, là-haut?» demanda Vincent. «Veulent-elles essayer de m'en empêcher?»

«Non», dit Cécile.

«Vas-y vite», dit Roger.

«Je vois», dit Vincent. «Bon, al-

lons-y». Il lâcha le gouvernail et nagea vers l'avant du bateau, à moitié emporté par le courant. Il essaya de s'agripper au côté mais l'eau rapide l'entraîna.

«Vincent!» cria Violette. «Reviens!»

Vincent fit un bruit bizarre qui

ressemblait à: «Au secours!». Ses yeux grossirent à vue d'œil. Puis il fut emporté par le courant vers la chute d'eau.

«Il y va!» cria Laurent.

On vit un instant les pattes de Vincent s'agiter en l'air. Puis plus rien.

Violette, Laurent et Olivier gardaient les yeux fixés à l'endroit où Vincent avait disparu. «Il a essayé de nous sauver», dit Laurent.

«Je n'arrive pas à le croire», dit Violette.

«C'est horrible à dire», dit Laurent, «mais Vincent était une grenouille pas comme les autres.»

«Je crains que ce soit vrai», dit Violette. Elle regarda la rivière. «Mais ce que je voudrais savoir, c'est... qui va nous sauver maintenant?»

11.
Les tortues ne reniflent pas

Olivier était à l'avant, les sourcils froncés. Soudain, il plongea par-dessus bord et partit à la nage.

«Olivier!» cria Laurent. «Ne nous abandonne pas!»

«C'est le comble!» dit Violette. «Le capitaine qui laisse les passagers! Nous n'aurions jamais dû faire confiance à un idiot de castor.»

«Je crois que nous allons rentrer

chez nous maintenant», cria Cécile depuis la vergue. «Au revoir à tous!»

«Nous vous souhaitons beaucoup de chance», dit Roger. Ils s'envolèrent tous deux.

«J'aimerais bien retourner à l'étang aussi», dit Laurent d'une voix tremblante.

« Trop tard maintenant », dit Violette. « Je vais me tapir sous la voile et fermer les yeux. »

« Pousse-toi », dit Laurent. « J'y vais aussi. »

Même sous la voile, ils entendaient la chute d'eau de mieux en mieux. Le bateau allait plus vite.

« J'entends bien pleurer, n'est-ce pas Laurent ? » demanda Violette.

« Ça ne te regarde pas », dit Laurent. Il renifla. « Je ne m'attendais pas à cela », dit-il. « Les tortues sont censées vivre des années et des années. »

« Il y a des exceptions à chaque règle », dit Violette. « Cesse de renifler. »

Ils entendirent soudain un bruit de scie, puis le bruit d'une rupture et une chute dans l'eau. Le bateau s'arrêta net contre un obstacle. Violette souleva la voile et sortit la tête. « Eh bien », dit-elle.

Laurent regarda aussi. Le bateau était appuyé contre un tronc d'arbre qui traversait la rivière en haut de la chute d'eau. « Sauvés ! » cria Laurent.

« Tout le monde à terre ! » cria Olivier. Il se tenait sur la rive, à gauche de l'arbre. Il y avait de la sciure de bois tout autour de lui.

« Tu as scié cet arbre avec tes dents, Olivier ? » dit Violette. « T'as été rapide. »

« Je sais », dit Olivier. « Elles me font mal. »

Laurent et Violette descendirent du bateau en montant sur un tronc d'arbre pour gagner la rive. « C'était génial, Olivier », dit Violette.

«Tu as dit "génial"?» dit Olivier.

«Oui», dit Violette. «Mais la prochaine fois que tu feras le tour du monde, il te faudra une meilleure carte.»

«Une qui indique les chutes d'eau», dit Laurent.

«Oh là là!» dit une voix. «Quel amusement!»

Tous se retournèrent et ils virent Vincent, tout trempé, qui grimpait sur la rive. « Est-ce que c'est toi, Vincent ? » cria Violette.

« Tout va bien ? » demanda Laurent.

Vincent acquiesça. « J'aimerais bien retourner dans cette chute d'eau. Quel plaisir ! »

« Merci, Vincent, d'avoir essayé de nous sauver », dit Olivier. « C'était très courageux. »

« Je sais », dit Vincent. « Je sais bien. » Il fit un très grand sourire.

«Oh, bon sang», dit Violette.

«Je crois qu'on ferait mieux de retourner à l'étang», dit Olivier.

«Et ton bateau?» demanda Laurent.

«Je vais le laisser là où il est», dit Olivier. «C'est un très bon début de barrage.»

12. Bienvenue à la maison

« Chut, les voilà », murmura Roger. Il était accroché très haut à une branche au-dessus de l'étang.

« Un, deux, trois... » dit Cécile. « Prêt ? »

« *Bienvenue à la maison !* » crièrent tous les animaux qui s'étaient rassemblés au bord de l'étang.

« Comment avez-vous su que nous revenions si tôt ? » demanda Violette.

« Cécile et Roger », dit Marguerite. « Ils sont venus nous le dire. »

«Nous vous avons vus sortir sains et saufs du bateau», dit Cécile.

«Alors nous sommes revenus préparer votre accueil», ajouta Roger.

«Très gentil», dit Laurent. Olivier acquiesça.

«Il y a un grand pique-nique pour tout le monde, là-bas, près des saules», dit Marguerite.

«Pour moi aussi?» demanda Vincent.

«Pardonner et oublier», dit Daniel.

«Vraiment?» dit Vincent.

«Nous ne sommes plus aussi fâchés contre toi?», dit Jeanne.

«Alors, dans ce cas», dit Vincent, «j'aimerais faire quelque chose de gentil pour vous tous.»

«De quel genre?» dit Edith.

«Je voudrais bien faire un discours après le dîner», dit Vincent. «Si tout le monde insiste.»

«Un discours?» dit Edith. «Sur quoi?»

«Sur mon incroyable et époustouflante promenade sur la rivière», dit Vincent. «Et comment j'en fus le courageux héros.»

«Non, merci», cria Marguerite.

«Pas sur ta vie!» dit Edith.

Il y eut soudain un bruit étrange et aigu. «Qu'est-ce que c'est?» demanda Laurent.

«C'est une faveur spéciale pour toi, pour Olivier et pour Violette», dit Marguerite.

«Oh là là!» dit Laurent. «Qu'est-ce que c'est?»

«Les Marais-chanteurs!» cria Mar-

guerite. « Ils ont accepté de chanter plein de chansons ! »

Laurent grogna et s'apprêta à rentrer dans sa carapace. « Arrête », dit Violette, « et réjouis-toi ! » Laurent réapparut. « Tu sais », dit Violette, en se tournant vers Olivier, « ce ne serait pas trop difficile de refaire une voile. »

« Ce ne serait pas trop difficile de refaire des sandwiches non plus », dit Laurent.

« Bon, j'ai encore mon marteau et

des clous», dit Olivier. «Et il y a plein de bois.»

«On pourrait peut-être partir de l'autre côté de la chute d'eau?» dit Violette.

Les yeux de Vincent s'agrandirent. «Vous allez recommencer?» dit-il. «Quelle bonne idée!»

«La *Violette III*», dit Violette. «J'aime entendre ça.»

«Je pourrais peut-être faire le capitaine, cette fois», dit Vincent. «On pourrait l'appeler le *Vincent 1er*.»

«Non!» cria Laurent.

«Je préfère *Violette III*», dit Violette.

«Moi aussi», dit Olivier.

«Ce n'était qu'une proposition», dit Vincent, avec un grand sourire.

Violette tressaillit.

«Le dîner est prêt, tout le monde!» hurla Roger, en surgissant d'un saule.

«Alors, à table!» cria Cécile, et tous les animaux se ruèrent sur le pique-nique.

Table